LE PETIT GUERRIER

Le petit guerrier

ALDIVAN TORRES

Canary Of Joy

Contents

1   1

1

« Le petit guerrier »
Aldivan Teixeira Torres
Le petit guerrier

―――――――――――――――――――――――

Auteur : Aldivan Teixeira Torres
© 2019-Aldivan Teixeira Torres
Tous droits réservés

―――――――――――――――――――――――

Ce livre, y compris toutes ses parties, est protégé par le droit d'auteur et ne peut être reproduit sans l'autorisation de l'auteur, revendu ou transféré.

―――――――――――――――――――――――

Aldivan Teixeira Torres est un écrivain consolidé dans plusieurs genres. À ce jour, les titres ont été publiés dans des dizaines de langues. Dès son plus jeune âge, il a toujours été un amoureux de l'art de l'écriture après avoir consolidé une carrière professionnelle dès le deuxième semestre 2013. Il espère, avec ses écrits, contribuer à la culture internationale, éveillant le plaisir de lire chez ceux qui n'en ont pas encore l'habitude. Sa mission est de conquérir le cœur de chacun de ses lecteurs. Outre la littérature, ses principaux goûts sont la musique, les voyages, les amis, la famille et le plaisir de vivre. « Pour la littérature, l'égalité, la fraternité, la justice, la dignité et l'honneur de l'être humain toujours » est sa devise.

8-Pre-life

Un esprit repose dans le septième ciel après une vie matérielle et immatérielle longue et intense. Parmi eux, il a participé avec d'autres esprits à la création de l'univers il y a environ 14 milliards d'années, aidant les êtres créés dans leur formation et leur développement.

Plus récemment, avec la création de la Terre, il a été transféré ici. Avec les six archanges supérieurs, ils ont organisé un système d'administration moderne qui visait à établir le royaume céleste. Cette situation les a mis en charge de milliards d'êtres nouvellement créés par la lumière suprême.

Des millions d'années se sont écoulées en harmonie pure. Jusqu'à ce que, par orgueil pur, l'un des archanges s'écarte des normes du père grand. Il a commencé une révolte sur le plan céleste dont l'objectif principal était de ne prendre le pouvoir que pour lui-même.

Les anges étaient divisés en deux fronts de bataille, l'un favorisant l'archange noir et l'autre la lumière favorable, le fils de la lumière et les six archanges restants. Le nombre de rebelles a été estimé à un tiers du total.

Dans cette bataille, le plus grand de tous les temps, beaucoup de vies ont été sacrifiées pour la vie et la liberté. Dieu n'a fait que s'être introduit quand il a gagné une proportion inattendue (les anges avaient le libre arbitre), menaçant le soutien de l'univers.

Puis la lumière suprême a mis le feu au champ de bataille, séparant les partis dissidents. Avec l'aide de Miguel, l'archange noir et ses copains étaient enfermés dans l'abîme (un endroit sombre, chaud, horrible) dont ils ne pouvaient partir qu'avec la permission.

Alors la paix régna. L'esprit dont je parle est revenu à ses activités normales. Il a incarné sur la terre plusieurs fois dès que la création matérielle a commencé. Dans ces occasions, il a eu l'occasion d'évoluer et d'enseigner simultanément.

Au bon moment, le cycle reprend à nouveau avec l'esprit appelé par la lumière pour une autre mission importante sur la planète Terre. Sa conception date du 17 octobre 1982. En avant, guerrier !

9-Naissance

La journée vient finalement après neuf mois d'attente pour le couple agricole José Figueira Torres et Marie vivant dans Le village de la feuille. Comme les soins médicaux étaient plus considérés dans la municipalité voisine, Arcoverde, Dona Maria y a été envoyé.

Pendant les trente minutes de voyage, dans une voiture, une nouvelle jeep (Année 1980), a vécu les derniers moments d'une grossesse risquée en compagnie de son mari. Même si elle avait peur, elle a tout fait pour endurer jusqu'à son arrivée à l'hôpital.

Heureusement, il l'a fait. Ils sont arrivés à temps. La voiture est garée près de l'entrée principale. Les deux sont tombés. Maria, avec une longue robe sans empreinte, de simples sandales, de clous et de cheveux à faire. José portait des shorts et des chemises, chapeau en cuir et chaussures noires.

Assistant à marcher par son mari, dans cinq minutes, ils sont entrés à l'hôpital. Comme l'affaire était urgente, Maria a été rapidement assisté et envoyé à la salle d'accouchement. Pendant ce temps, José est hébergé dans la salle d'attente.

José essaie de se distraire de la meilleure façon possible entre les conversations, regarder la télévision, les souvenirs des événements passés pour tromper la nervosité et ne pas penser au pire. Il saisit également l'occasion pour analyser son rôle de père depuis son mariage jusqu'à ce moment. Il conclut qu'il a beaucoup laissé à désirer parce qu'il était très impliqué dans le travail, les préjugés, la rigidité exagérée et même les trahisons cachées.

Serait-il capable de le réparer, de devenir un meilleur père pour ce nouveau fils et pour les quatre déjà adultes ? Oui, il pouvait, mais pour le moment, ce n'était pas dans ses plans de changer. Il préférait rester dans l'ignorance et l'intolérance, une leçon qu'il a apprise comme fils dans les quarante.

C'était dommage. Il reste à distraire. À un moment, regardez l'horloge. Trois heures avaient passé et aucune réponse. Parce qu'il ne peut plus attendre, il se lève et va trouver une infirmière à l'hôpital.

Il trouve l'un d'eux quitte la salle d'accouchement et entend un bébé pleurer. On rapporte que tout allait bien avec la femme et le fils. C'était un garçon.

Radiant de joie, il est autorisé à entrer dans la pièce. En y entrant, en voyant la figure de la femme avec l'enfant, elle ressent la même émotion ou même plus grande que les quatre autres fois. Il était riche dans les grâces du Seigneur.

Il se rapproche, embrasse sa femme, prend son fils et pleure. Vite, elle essuie ses larmes pour ne pas être gênée parce qu'elle a appris qu'un homme ne peut pleurer dans aucune situation.

Après le moment, il retourne le fils à sa femme et va voir les médecins pour les libérer. On lui dit que le soir, il pourrait quitter l'hôpital.

Il reste avec sa femme à nouveau pour s'occuper du bébé. À 12 h, le déjeuner est servi pour les deux. Une heure plus tard, ils sont enfin libérés. Ils quittent l'hôpital, montent dans la voiture et reprennent le voyage.

Il faudrait encore 30 minutes. À son arrivée, toute la famille aura l'occasion de rencontrer le garçon, qui s'appellerait Divine Torres, petit-fils du légendaire Victor Torres.

Allons de l'avant.

10-Les cinq premières années

Dans cette période, comme n'importe quel enfant normal, Divine Torres a progressivement surmonté les premiers stades de la vie. Au début, ça dépendait de tout le monde pour tout. Mais au fur et à mesure que les jours et les mois passèrent, il commença à se fermer, à s'asseoir, à ramper, à prononcer les premiers mots et à prendre conscience du monde autour de lui.

Quand il avait trois ans, il était inscrit à l'école pour avoir contact avec les premières lettres. J'ai étudié demain matin. Ce fait était important parce qu'à partir de là, il commençait à socialiser davantage avec les enfants de son âge et avec des adultes de mentalité différente, quelque chose jusqu'à ce jour.

Depuis l'âge de quatre ans, il commença à avoir un sens plus large des différents aspects de la vie. Comme on l'attendait, des doutes commençaient à se lever, et il utilisait chaque instant pour demander aux adultes, surtout aux parents. Toutefois, les réponses ne lui satisfont pas toujours.

À l'âge de cinq ans, elle perd son grand-père en tant que mère, laissant seulement les deux grands-mères. Cependant, il n'y avait pas de dimension au sens de la mort. Il a assisté aux funérailles juste pour assister.

Dès lors, avec le cerveau plus développé, les souvenirs commencèrent à devenir plus forts et les expériences qui suivirent seraient marquées pour toujours. Continue à regarder attentivement, lecteurs.

11-*Le vampire*

Après une journée d'activité intense, la nuit est venue, et il ne fut pas long avant que la pleine lune remplisse le ciel du village pacifique des feuilles. Ce jour-là, Divine Torres termina exactement cinq ans et six mois. Dans le cadre d'une ancienne ligne de visionnaires, l'astral a fixé cette date pour un événement effrayant et spectaculaire pour la vie de son débutant.

Il, avec sa famille, vivait dans un style simple maison, étroit (cinq mètres) et long (15 mètres). Il avait une entrée boisée et un mur élevé, dont la construction date de la fin du XIXe siècle. C'était leur deuxième maison.

Connu comme une maison hantée, tous les anciens résidents sont sortis de là ou sont morts tragiquement. Mais ces aspects n'ont pas effrayé la famille Torres, qui préféraient penser que ce n'était que des rumeurs.

La même nuit, Divine, fut endormie comme d'habitude dans son simple berceau, à côté de la chambre de ses parents. À la fin des prières, la lumière fut éteinte. Quand le garçon se détend à dormir, instantanément qui a duré une fraction de seconde, la figure d'un homme terrifiant apparut hurlée et montrer ses griffes et ses dents poussées.

Avec un début, Divine a fait un grand cri et la vision a disparu. C'était sa première expérience spirituelle, qui démontrait qu'il était choisi pour hériter des cadeaux extrasensoriels. Et maintenant ? Était-il prêt à faire face aux conséquences du sort ? Seul le temps aurait des réponses à ces questions, et il était trop tôt pour s'inquiéter de cela. Après tout, il n'avait même pas six ans.

12- *Autres faits de cette année (1989)*
12.1 Accidents

Divine était un garçon tranquille, mais comme n'importe quel enfant quand il se mélangeait avec d'autres, il pratiquait des blagues. À certains de ces moments, sans sentiment de danger, il a été impliqué dans certains accidents. Parmi eux, il est intéressant de mentionner : brûler avec une poêle bouillante, couper les ordures tournantes, les bouchers impliquant le jeu avec des moutons, battre pour des méchants.

Cependant, bien que douloureux, chacun de ces événements lui laissait une leçon qu'il avait voulu éviter la prochaine fois. Comme le dit le mot, la connaissance guérit et sauve.

12.2 - Faits spirituels

Comme on l'a dit précédemment, la maison dans laquelle Divine résidait était hantée et les esprits qui habitaient, elle commençait à utiliser leurs forces sombres pour expulser ceux qu'ils considéraient visiteurs.

La nuit était le moment préféré pour les manifestations. Les plus courants étaient : des traces fortes dans le couloir de la maison, le son des lunettes et des assiettes, des gens soufflant sur le feu de charbon et de bois, l'aspect des esprits habillés dans leur tourbillon, des torches de lumière éclairant toute la maison, frappant sur les portes de chambre.

Toutefois, tous ne comprenaient pas les faits comme cela nécessitait un peu de sensibilité. Mais la maison a été hantée. Chaque jour, Divine étendait son éventail de connaissances, même s'il n'avait pas encore une dimension de ses infinies puissances.

12.3 - Faits sociaux

Même cette année, Divine a augmenté son cercle social et était déjà très populaire dans tout le village. Il avait appris à lire et à écrire, a fait des activités scolaires dans les maisons d'amis, participé à des célébrations scolaires, joué, nagé, connaissait la sous-croissance autour de la maison, grimpé la montagne et allait aider ses parents dans les champs. Il avait donné son premier baiser sans prétention et à la fin de l'année, il avait fini le premier établissement préscolaire.

Toutes ces étapes étaient importantes pour la connaissance de soi, vous aidant à avoir une place dans la société et dans le cœur de tout le monde. En avant, Divine !

13-L'année du changement

1990. L'année dernière, Divine avait grandi comme jamais. Il a évolué physiquement, intellectuellement et moralement et est maintenant prêt à faire de nouvelles expériences constructives, enrichissantes et difficiles. Peu à peu, il comprenait mieux son don et en parlait ouvertement avec sa famille.

C'est là qu'ils lui ont parlé un peu de l'histoire de son grand-père, le légendaire Victor. Cela l'a laissé soulager au contenu. Il ne se sentait pas comme un étranger dans le monde. Quelqu'un avait déjà traversé quelque chose de semblable, même s'ils ne l'avaient pas rencontré.

Selon le besoin, son père, José Torres, lui enseignait des choses sur le côté spirituel. Pour le respect qu'il avait, Divine l'écouta attentivement. Toutefois, tout ne pouvait pas encore comprendre.

Une seule chose était évidente : il y avait une division dans l'univers entre deux forces équilibrées et qu'il avait un don incroyable, il lui appartenait d'accomplir une grande mission sur Terre. Mais son temps n'était pas encore venu.

Pendant ce temps, en tant que garçon, il appartenait à Divine de profiter de cette phase de la vie pour apprendre, enseigner et jouer. Enfin, soyez un enfant comme n'importe quel autre. Les responsabilités ne seraient qu'à l'âge adulte.

En ce qui concerne les interactions familiales-sociales, tout s'est passé dans la gamme normale. Juste une nouveauté : Sa famille avait décidé de bouger à nouveau. Cette fois, au site principal du site qui allait être rénové et l'électricité a été mise à sa disposition.

La rénovation a commencé en août. Comme la famille n'avait pas de conditions financières, tout était prêt seulement à la fin d'octobre de la même année. Le deuxième novembre a été effectué le changement contenant les petits meubles.

Dès ce jour-là, une nouvelle phase a commencé. Ils étaient loin de l'influence de la tentation de la maison précédente. Seraient-ils heureux ? Quels nouveaux défis se poseraient dans la vie de cette famille bénie ? Personne ne savait, mais c'était aussi dans le sang de Torres modernes de se battre et de se consacrer à leurs projets à la suite de l'exemple des frères Rafael et Victor.

Continue.

14-La période 1991-1997

La vie a continué. Divine a continué à évoluer de toutes les manières. Un garçon intelligent, il s'est consacré très dur aux études à l'école et à la maison où il passait la plupart de son temps parce qu'il avait une éducation très chaleureuse, presque antisociale. Ce type d'éducation choisi par les parents présente des avantages et des inconvénients. Parmi les avantages, il a été impliqué dans moins de combats et d'accidents. En ce qui concerne les inconvénients, il a manqué l'occasion de mieux connaître les gens environnants avec des points de vue différents, rendant ainsi les relations et les amitiés plus difficiles. La solitude frappait parfois fort entre les quatre murs où il était habitué à vivre au moins dix heures par jour.

En ce qui concerne la partie spirituelle, il a périodiquement eu de nouvelles expériences qui renforçaient son contact avec des êtres d'autres avions. Parmi les plus frappants, on trouve l'apparition d'un vampire sous le lit, un homme le regardant comme il dormait, prémonitoire et éclairant des rêves.

On peut voir du texte que rien n'était encore clair ou défini dans sa vie. Divine avait déjà eu quatorze ans, terminé le lycée et serait inscrit au lycée l'année suivante. Il allait étudier au quartier général de Pesqueira.

15-The adieu (1998)

L'année commence. Des célébrations religieuses ont lieu dans le village et finalement le calendrier scolaire commence. Dès le premier jour, Divine Torres était prêt à apprendre et à enseigner dans son nouveau bastion scolaire qui comprenait l'école secondaire et primaire.

Le collège était situé presque au centre de Pesqueira. C'était un grand bâtiment spacieux avec trois étages chevauchés. C'était le plus grand Divine qui n'avait jamais connu dans sa vie courte, mais mystérieuse, intrigante et passionnée.

Là, il avait contact avec les directeurs, les employés et les nouveaux camarades de classe et les camarades d'école. Il a été bien accueilli par tous malgré sa grande timidité qui rendait les relations difficiles. Cependant, parce qu'il est de la zone rurale, il ressent un peu de préjugés. Mais je ne savais pas si c'était juste une impression.

Un, deux, presque trois mois passés. Il se sentait plus en contact avec tout le monde et se tenait sans cesse à ses études matins. Dans l'un de ces réalisateurs, l'un des directeurs est venu dans la pièce, l'a appelé et quand il était loin de ses collègues, il a commencé à bégayer :

« Écoutez, Divine, votre père ne va pas bien, et nous avons entendu qu'il s'est aggravé.

À ce moment-là, le garçon remarqua quelque chose dans la voix du réalisateur et a senti que ce n'était pas toute la vérité. Avec une petite peur et même du courage, il demanda :

« Il est mort ?

« Oui. Comment ça fait ?

« Je ne sais pas.

« Quelqu'un est venu vous chercher pour vous accompagner aux funérailles. Tu peux partir, tu es excusé des cours aujourd'hui. C'est là-bas.

« Merci.

Le jeune homme s'éloigna du principal et fit quelques pas vers la sortie. Bientôt, je descendais déjà les escaliers. Avec chaque étape, il sentit un poids sur son corps et son esprit qu'il ne pouvait pas expliquer. Pourquoi le destin a-t-il été répété ? Qu'est-ce qui lui arriverait et sa famille ? Il aurait dû apprendre à vivre avec cette nouvelle réalité et se conformer parce que cela faisait partie de son Maktub, quelque chose que personne ne pouvait éviter ou changer.

Divine continue à descendre l'escalier et à l'approche de la fin, elle a le léger sentiment qu'elle n'est pas seule. Avec cela, il se sent plus sûr, il rapide son rythme et atteint finalement le premier étage. Va par la porte et la personne attend.

Voici Alberto, un de ses voisins qui est venu le chercher en voiture à la demande de sa mère, Mary. Après l'avoir accueilli, les deux montent dans la voiture et Alberto commence le match.

En réalisant la tristesse de l'adolescent, Alberto communique peu pour respect. Il ne le fait que par compassion, à mi-chemin dans le tronçon.

« Je suis désolé pour la perte de ton père. C'était un homme bien. Dur, digne et honnête.

« Merci. Aujourd'hui, c'était lui. Un autre jour sera nous. C'est la vie.

« J'admire votre attitude. Si c'était un autre, il mourrait d'envie de crier.

« À quoi bon ? Nous, humains, devons au moins accepter les desseins de Dieu. C'est ce qu'il nous reste.

« Je suis d'accord. C'est douloureux. Je dis ça d'expérience.

« Sachez. Tu as déjà perdu ta femme. Ce que je peux dire, c'est qu'elle est heureuse où elle est.

« Comme vous le savez ?

« Je me suis intuité en ce moment de grande sensibilité.

« Merci pour les mots.

Alberto a accéléré et a essayé d'être silencieux. En parlant de sa femme, il a fait naître de vieilles blessures qui n'ont pas encore guéri. C'était mieux de ne pas se souvenir. Dès lors, le silence prévaut jusqu'à arriver au village de la feuille, spécifiquement chez Divine.

La voiture s'est arrêtée. Le petit rêveur est descendu, dit au revoir et sans regarder derrière est tombé dans la maison. À son entrée, il accueillit des gens et trouva sa mère désolée dans la cuisine. Lors de la réunion, les deux câlins et gémissant doucement sa mère disaient :

« Dieu l'a pris, fils !

« Et maintenant ? Que va-t-il nous devenir ? (Divine)

« Financièrement rien ne changera parce que je garderai la pension, mais c'est la chose la moins importante maintenant. (Maria)

« Au moins, je vous ai toujours. (Divine)

Les larmes sont descendues de leurs deux visages, ce qui augmente leur empathie. À partir de maintenant, Maria était le principal de la maison, et c'était aux enfants de la suivre obéissamment.

Cinq minutes plus tard, l'embrassement cessa, et ils se sentirent plus détendus. Chacun a parlé de ses affaires. Pendant que Maria allait faire attention aux visiteurs, son fils entra dans une pièce et s'assit désoler dans l'un des lits. Le moment reflétait la tristesse de lui, de sa famille, de ses proches, de ses amis et de ses voisins.

Dans cette humeur funéraire, le matin est passé. Personne dans la maison n'a goûté à la nourriture au déjeuner en faisant juste un snack. L'après-midi a commencé et d'autres personnes sont arrivées pour les funérailles, ce qui augmente le mouvement dans la maison.

Vers 16h, le train est finalement parti pour le cimetière local. Cinq hommes forts offerts pour porter le cercueil pendant que les autres suivaient de près. Ils ont traversé tout le village, ont pris la route de terre face au soleil, à la poussière et au sol dur et sec.

Tout au long du voyage, beaucoup se souvenaient des principales réalisations de cet homme pécheur, mais digne et honnête. Cette attitude généreuse a apporté un peu de soulagement spirituel aux membres de la famille qui avaient beaucoup besoin de confort.

Avec quinze minutes de marche, ils arrivent enfin au cimetière. Les portes sont ouvertes et le train a accès avec le reste de la foule. Le cercueil est doucement abaissé dans la tombe et les derniers hommages sont rendus à José Torres, fils du légendaire Victor Torres.

Le cercueil frappe la terre, et ils commencent à jeter de la terre dans le trou jusqu'à ce qu'il soit complètement couvert. Après cette opération, ils ont tous été licenciés et continueraient à vivre.

C'est un fait naturel que tous les acteurs concernés doivent suivre, surtout pour ceux qui s'occupent de la question. De la personne décédée, de bons souvenirs resteraient dans l'esprit de ceux qui l'aimaient malgré ses nombreuses lacunes.

Toujours en avant, vivre la vie sans avoir honte d'être heureux !

Processus de transitions

Après sa mort, l'âme de José Torres n'est pas immédiatement parvenue à la paix à cause de ses innombrables glissements de terrain. En débondage, il fut pris par les adeptes des anges de Satan qui l'amenèrent à des limbo, un lieu intermédiaire.

Cependant, il n'a pas été abandonné par Dieu qui lui a donné une possibilité de salut : Trouver quelqu'un pur, proche de Dieu, qui sacrifierait pour lui. S'il réussit, il obtiendrait au moins la purification au purgatoire.

C'est là qu'un grand voyage a commencé pour lui. Une fois par mois, j'ai pu retourner sur terre et essayer de trouver cette personne. Pendant ces errances, il finit par choisir son fils, Divine, comme il était plus proche, pur et bien relié à sa religion.

Elle l'a rencontré sept fois entre les visions et les rêves. Enfin, il a fait la demande de sacrifice. En raison de la petite expérience, il avait, le garçon ne comprenait pas bien, mais pour lui de croire que l'expérience était réelle, une main l'a touché après qu'il se réveillait du rêve. Cela lui a causé un mélange de peur et d'anxiété. Cependant, j'essaierais d'aider.

L'autre jour, il a répondu à la demande même au milieu des manifestations de sa famille. Il ne parlait pas parce que tout était un grand secret. À la fin de l'après-midi, il a terminé son travail. Mission Accomplit.

Quelques jours après le sacrifice, il avait la réponse attendue. Son père est venu lui dire au revoir définitivement parce qu'il avait atteint le pardon de Dieu avec son aide.

Ce moment était d'une grande émotion pour les deux, assisté d'un ange puissant. Divine ne pouvait le voir à cause de sa gloire, mais il peut voir sa lumière et ses ailes volantes. Des moments plus tard, ils sont partis.

Joseph devait commencer son cycle d'évolution dans le royaume spirituel et revenir rarement sur la terre. C'était le début d'un grand voyage, un vrai passage, et il devait le faire loin de tout le monde.

La gerbe de l'intérieur continuerait sa vie avec sa famille sur Terre. Il y avait encore beaucoup à accomplir.

17-La période de (1999-2000)

La vie a été normalement pour Divine et sa famille. Au fil du temps, les souvenirs des défunts sont devenus moins douloureux et choquants. Ce fait était absolument normal. Après tout, ce qui est passé. Ce qui comptait, c'était le cadeau qui était encore difficile pour tout le monde.

La famille Torres était une famille tranquille et humble, gagnant deux salaires minimums distribués à six personnes ayant des valeurs morales et éthiques bien définies. Toutefois, tous ne partageaient pas les mêmes opinions, préférences, goûts et éducation. Ce qui les unissait était le sang sacré des voyants, formé par des descendants juifs, portugais, espagnol, indigènes et tsiganes.

Tous étaient consacrés à l'agriculture et n'essayaient pas ou n'avaient pas la possibilité d'étudier. L'exception à la Matriarche Marie, qui fut retraitée et s'occupa de la maison et du jeune Divin, qui se consacra entièrement à ses études. Les noms des autres enfants étaient Absalão, Adeildo, José Amaro et Bianca.

Comme on peut le voir, Divine était le seul espoir d'amélioration financière parce que seule l'éducation est capable de transformer une réalité et d'accomplir des miracles. La même chose, malgré son jeune âge, en était pleinement consciente.

De cette façon, il a étudié le changement d'écoles plusieurs fois. Il rencontra de nouvelles personnes, interagit, mais toujours avec des réserves enveloppées dans ses préjugés. Il ne savait même pas qu'il perdait un temps précieux dans sa vie.

Le problème avec ce jeune homme, soulevé dans une tradition catholique, était qu'il prenait sa religion et ses lois très littéralement (beaucoup font toujours la même chose aujourd'hui). Pour lui, tout a pris la notion de péché comme des parties, des promenades et même du sexe (ne rigolez pas).

C'était vraiment un excentrique. Il a vécu une vie simple, pleine de règles qui l'ont empêché de l'aider. Mais je ne l'ai pas vu à tout moment. À cet égard, le grand-père qui avait vécu au début du XXe siècle s'était donné tôt aux émotions que la vie donnait.

Même après cette ligne, cela ne l'empêchait pas de vivre de fortes émotions. Il a vécu intensément l'expérience de la passion sans même le réaliser pour la deuxième fois. Dans le premier, il avait été rejeté et dans la seconde, il n'avait même pas essayé. Il préférait souffrir en secret pendant longtemps. Jusqu'à un jour, la personne réalisa son intention et lui donna un massif. Une autre déception s'est produite. Il commençait à vivre cette face d'amour qui, selon moi, est très constructive malgré sa douleur.

Avec le temps, il a réussi à surmonter. Il poursuit ses études normalement. Fin 2000, il a terminé le lycée. Une nouvelle étape de sa vie commençait.

18-Nouveau cours (2001-2002)

L'an 2000 se termine. 2001 commence par de bonnes nouvelles. Parmi eux, les deux plus importants étaient les deux approbations de Divine dans les processus de sélection (le résultat de ses efforts). L'une concernant un appel d'offres public et l'autre était l'entrée dans un cours technique fédéral (spécialité électromécanique).

Quand le mois de février est venu, les cours ont commencé après des vacances intenses en famille (la seule option parce que je n'avais pas l'argent à voyager). Dès le début, Divine aimait l'environnement : un grand espace boisé composé de plusieurs blocs et de camarades de classe très hétérogènes, avec des personnes de divers groupes d'âge, ethnicité et classes sociales.

Tout au long de l'époque, le jeune homme s'est consacré intensément à ses études sans négliger les amitiés qui lui étaient aussi importantes. Dans un temps de peu d'argent, il vécut pour emprunter des livres pour ses collègues, pour faire des voyages dangereux avec un autre collègue de sa région et pour toujours porter son uniforme parce qu'il n'avait pas le choix de vêtements. Cependant, j'avais toujours le même cœur grand et pur que toujours et c'était ce qui comptait vraiment.

Le temps a continué avec la vie de Divine centrée sur les études. À la fin du cours, en novembre 2002, une réunion a été organisée à l'école pour savoir qui serait intéressé à participer aux premiers stages dont le test aura lieu au début du mois prochain dans une ville voisine appelée Garanhuns. À ce moment-là, le petit rêveur ressentait pour la première fois une force étouffante et criante qui l'a poussé à tout abandonner. Même s'ils essayaient de résister, la pression augmentait à chaque instant. S'il n'a pas décidé, ça exploserait. C'est là qu'il s'est approché du coordonnateur du cours et a dit :

« Je ne partirai pas.

Depuis, j'étais conscient que j'avais laissé tout le travail de deux ans derrière et n'avais aucun moyen de communiquer avec quiconque pouvait aider parce que je n'avais pas de téléphone portable ou d'ordinateur. Tout s'est dégradé et le rêve d'aider la famille est devenu plus éloigné, bien qu'il attende la nomination dans un concours public.

Allons de l'avant.

19- Adieu
19.1-Premier jour

Après la conclusion des classes théoriques du cours en question, quelqu'un a donné l'idée d'organiser un voyage où tout le monde pouvait apprécier beaucoup et dire au revoir parce que chacun allait prendre un cours différent et ne se retrouverait probablement pas.

L'emplacement choisi était l'usine Xingó, à la frontière entre Alagoas et Sergipe. Cette fois, Divine s'en allait. Après tout, c'était une occasion unique de connaître ce géant du complexe hydroélectrique national, des villes voisines et de renforcer les liens avec ses collègues. Ce serait littéralement un adieu.

Le jour et l'heure prévus, avec sa valise prête, il attend sur la piste près de son village (sur le côté de l'autoroute BR 232) le bus. Trois heures passées et rien. Angoissé et dégoûté, il décida de rentrer chez lui.

En arrivant en même temps, il est allé dans son lit et est allé essayer de dormir. Quand il a réussi à se détendre, il a eu le repos attendu depuis longtemps. Vers 6h du matin, il s'est réveillé avec des voix appelant son nom sur la porte.

Quand il est sorti vérifier, il a réalisé que ce sont ses camarades de classe qui sont venus l'appeler pour le voyage, et il a eu peur par elle. Je croyais qu'ils étaient partis il y a longtemps. Il était convaincu de repartir, dit au revoir à sa famille, monta dans le bus et enfin partit pour Xingó.

Le bus a commencé à suivre l'intérieur du pays, passant par la ville jamais vue par le garçon. Quel monde était grand ! C'était un plaisir de découvrir ce petit à petit.

Dans un total d'environ trois heures et demie de voyage, avec beaucoup d'excitation pour les passagers, ils arrivèrent dans la ville de Piranhas (spécialement pour les logements). Ils ont déballé leurs sacs et se sont reposés un moment. Ce serait deux jours d'expériences intenses pour tous les éloignés de la famille et de leur monde privé.

Après le déjeuner, la première activité à avoir lieu : la visite à la centrale hydroélectrique de Xingó, l'une des principales raisons du voyage. Certains ne voulaient pas y aller, mais ceux qui ont une expérience unique.

Le lieu difficile à atteindre, une route étroite et enroulée, impressionnée Divine. Je ne l'avais jamais vu comme ça. Malgré la peur, le goût de l'aventure était plus grand. Au bout de la route, il avait une vue d'une partie du barrage et des portes d'inondation. Incroyable ! Un génie fantastique ! Ce ne serait pas pareil après ça.

Ils avaient accès à l'entrée. Ils ont emmené l'ascenseur au sous-sol. Une fois-là, ils pouvaient observer de près les dispositifs complexes qui faisaient partie de l'usine. Le bruit des turbines était constant, ainsi que le tremblement. La nature qui a produit c'était une force qui devait être respectée. Leçon numéro un du voyage.

En trente minutes, ils comprenaient un peu la réalité énergétique, donnant de vraies bases à la partie théorique apprise dans le cours. À la fin de cette période, ils ont dit au revoir et ont repris l'ascenseur. Ils atteignent l'altitude normale. Ils sont revenus au bus.

Comme il était presque nuit, ils se rendaient au centre de Piranhas pour trouver un endroit tranquille pour dîner et parler pendant un moment.

En vingt minutes, ils ont trouvé un restaurant typique et la classe se sépare en tables. Certains commandent des aliments traditionnels (riz, haricots, viande) tandis que d'autres commandent quelque chose de différent, manioc avec du bœuf branché (Divine et ses amis de table).

Ils ont attendu un moment. Des moments plus tard, la nourriture a été servie. Pendant qu'ils manquaient, ils discutent des moments scolaires, de la ville, du voyage et des aspects personnels.

Il s'agissait de 15 minutes d'échanges intenses d'informations et de plaisir avec la dégustation des épices locales. Après le dîner, ils sont retournés dans le bus qui se dirigeait vers l'hébergement.

Une fois-là, il était temps de prendre une douche et de changer de vêtements. Divine et ses amis sont partis à nouveau. Cette fois à pied, pour apprendre à connaître un peu la nuit.

Sans beaucoup d'expérience, le groupe marchait longtemps jusqu'à ce qu'ils trouvent un endroit agréable en indiquant les endroits. C'était une maison de show. Arrivée à la même époque et se rencontre à une table (il y en avait quatre au total). Dans la séquence, ils ont demandé quelque chose à boire et parlé.

Ils ont attendu quelques instants. Le verre arriva, et ils prirent quelques gorgées (sauf Divine qui ne buvait pas). La musique a commencé, et ils ont pris le courage d'inviter des chatons assis à la table suivante.

L'invitation accepta, les quatre avec leurs partenaires se rendirent au bal et commença à danser à la musique romantique la nuit d'Alagoas.

C'était bon, ce moment ! La combinaison de la musique et de la grâce des filles réveilla une sorte de transe en eux qui semblaient être complétés avec chaque étape. C'était vraiment incroyable !

Rien que la musique ou les marches comptaient pour eux. Ils avaient une sorte de liberté, loin des regards envieux des ennemis, malgré, et même des pressions des membres de la famille.

C'était très sain. Après une heure de plaisir, ils se fatiguèrent et invitaient les filles à rester près de leur table. Encore une fois, ils ont accepté.

Pendant les deux heures suivantes, ils se parlaient l'un avec l'autre et entre deux couples il y avait de la chimie. Des baisers et des câlins roulaient la nuit. Après cette période, les visiteurs ont dit au revoir, et ensemble ils ont commencé à revenir à l'hébergement.

Parmi les filles, seule la mémoire resterait parce qu'aucun d'entre elles n'avait l'intention d'avoir une relation sérieuse avec quiconque. Après tout, ils étaient trop jeunes pour ça.

Trente minutes plus tard, ils ont atteint le but. Ils sont allés dans leurs chambres, tombés sur le lit et essayèrent de se détendre. L'autre jour devrait être apprécié au plus grand comme c'était le dernier dans cette ville intéressante et hospitalière.

19.2- Le deuxième jour

Il s'ouvre dans le beau et agréable Piranhas. Depuis le matin, les étudiants de l'Université de Pesqueira se sont engagés dans la cuisine préparant le petit déjeuner après une douche rapide. Comme il n'y avait pas grand-chose, le petit déjeuner serait les bases : pain avec des œufs et du café.

En douze minutes, tout était prêt et la collation était réparti égal entre tous. Entre les conversations et les rires, ce moment s'est rapidement passé. À la fin, tout le monde est revenu dans sa chambre pour se préparer (y compris les valises) pour une dernière marche.

En 15 minutes environ, tout le monde avait terminé ce travail. Ils se rencontrèrent alors et comme ils voyaient que personne n'avait disparu, ils allèrent au bus. Première destination : les banques de São Francisco River.

Avec une bonne vitesse, ça n'a pas pris longtemps pour tous d'arriver avec beaucoup d'excitation. Le bus s'est arrêté. Ils ont eu trente minutes pour profiter de la plage. Descendant un par un, chacun a profité de la meilleure façon possible de cette fois : prendre des photos, plonger, baignade et admirer le beau paysage.

Dans le cas de Divine, seuls les deux derniers articles, car il n'avait pas de caméra ou savait nager. Mais il était tout à fait utile de participer avec ses collègues à des moments si incroyable et inoubliables.

Après leur époque, ils retournèrent au bus et partent pour la destination 2 : Musée archéologique de la ville voisine, Canindé de São Francisco, qui se trouvait à environ six kilomètres de l'endroit où ils étaient.

En ce voyage rapide, le jeune homme a profité de l'occasion pour se détendre et réfléchir un peu à tout ce qu'il avait laissé derrière lui : la famille, son petit La village de la feuille, ses amis et ses connaissances. Malgré le désir, il conclut que tout était très utile. Quand pourrais-je sortir ? Je n'avais même pas de projet. Donc, le temps de profiter était maintenant.

C'est avec cette disposition qu'il a rapidement quitté le véhicule quand il est arrivé et s'est arrêté à l'endroit indiqué. Avec les autres, il paya la taxe d'entrée et entrera dans l'imposant bâtiment du musée archéologique Xingó à Canindé de São Francisco.

A l'intérieur, les visiteurs ont eu l'occasion de découvrir les artéfacts anciens, les os de nomades et les anciens habitants, leur donnant un aperçu de la préhistoire de l'endroit. La tournée était excellente.

Après avoir passé tous les secteurs, après avoir pris de nombreuses photos et avoir beaucoup appris, le groupe s'est enfin dirigé vers la sortie. Ils passent la porte, ils sont retournés au bus.

Avec quelques pas de plus, ils montent sur le véhicule. Ils se sont installés et le chauffeur commence. Destination 3 : Maison avec un arrêt probable pour le déjeuner en route.

Ils passent par certaines localités et arrivent à peu près à 12 h, ils s'arrêtent à une station-service près de la route. Tout le monde descend, marche un peu, entre dans l'établissement et se met dans une ligne à manger parce que le restaurant opéré en mode libre-service.

Lorsqu'ils auront accès aux étagères, chacun placera ses aliments préférés et s'installera sur les tables disponibles. Certains demandent quelque chose à boire comme du jus ou du soda.

Entre repas, discuter et repos, encore trente minutes passent. Quand tout le monde est fini, le groupe paie le repas et retourne au bus. Ils avaient du chemin à parcourir.

Dans les deux heures et demie restantes, la plupart du temps, Divine et ses collègues préfèrent se détendre autant qu'ils le peuvent. Le soir, ils arrivent à Arcoverde, et il y a un arrêt rapide. Quinze minutes pour répondre aux besoins physiologiques. Alors, retourne à la route.

Avec quelques minutes de plus, ils arrivent enfin au La village de la feuille. Divine dit au revoir et descend avec sa valise lourde. Dans quelques minutes, il arrivait chez lui. Il devait marcher son chemin, et il ne savait pas quel sort avait en réserve.

Ce qu'il savait, c'était qu'il continuerait à se battre pour ses buts et même s'il retardait, il croyait qu'il gagnerait. En avant, guerrier ! Quoi qu'il en soit, il arrivera !

20-La nouvelle réalité

Fin du cycle d'études à l'Université de Pesqueira, Divine Torres s'inscrit dans un cours d'informatique, dans le but de ne pas rester encore à côté d'étudier pour les compétitions et d'attendre l'appel dans le concours dans lequel il a été approuvé en bonne position.

Malgré son activité, sa situation n'était pas bonne, car les buts qu'il poursuivait n'étaient pas encore atteints de sa main et de son douloureux attente. Il se sentait un peu impuissant de ne pas aider sa famille nécessitante.

Mais pour le moment, il n'y avait rien à faire. Les conditions étaient terribles et personne ne savait qu'il était prêt à montrer à quel point le monde était égoïste. Même si je n'abandonnerais pas facilement.

Et la vie a continué...

21-Six mois plus tard

Il y a longtemps, et la situation de Divine n'a pas encore changé : elle étudie encore les sciences informatiques et étudie à la maison. Quant au concours dans lequel il s'attendait à être appelé, la date d'expiration s'était terminée, et il y avait ses espoirs.

Depuis, la démotivation avait frappé fort. En conséquence, il y a eu une déconnexion de la réalité qui rend la partie spirituelle plus forte. Avec cela, ses connaissances se sont accrues d'expériences très impressionnantes.

La lignée du sang voyant criait en lui-même le fruit d'un héritage laissé par le grand-père, le légendaire Victor.

22-Expériences
22.1-Possession

C'était un mercredi normal. Après l'obligation normale d'étudier à la maison le matin et le déjeuner, Divine est entré dans sa chambre pour se reposer un moment dans son lit, la célèbre sieste. Après avoir enlevé son short de T-shirt et de Jeans, il s'est allongé confortablement parler.

Il s'est concentré sur le fait de laisser son esprit clair et de se détendre progressivement. Quelque chose de fantastique est arrivé ! Soudain, un objet blanc rond est descendu sur lui et est entré dans sa tête.

À partir de ce jour, sa vie a complètement changé. Il a commencé à avoir des contacts plus réels avec des êtres d'autres dimensions, sentir sa présence et ce qui est impressionnant d'avoir des luttes avec eux en utilisant les pouvoirs acquis avec la possession.

À chaque moment, ses pouvoirs se multiplièrent, ce qui augmenta un peu sa fierté. Toutefois, la situation n'a pas duré longtemps à ces termes.

Il a aussi commencé à attirer des esprits puissants qui ont commencé à profiter des combats et ce qui est pire, l'esprit qui l'a dominé a utilisé son corps comme bouclier. Ce n'était plus un avantage pour Divine dans ce genre de situation.

C'est là que quelqu'un l'a aidé. Ton père décédé. Il s'approcha, croisa ses bras et avec un grand effort excluait l'esprit dérangeant. Heureusement ! Divine était maintenant libre de possession et une main lave l'autre. Bienheureux père !

Cependant, il y avait beaucoup à apprendre sur le côté spirituel.

22.2-*Postmortem : Dispute pour les âmes*

Un autre fait intéressant était la révélation de la lutte des deux forces opposées (la dualité existante) quand les gens meurent.

C'était plus ou moins ce qui suit : Raquel et Romero Bastos, nouvellement séparés de la matière, ont été un peu perdus dans une zone intermédiaire entre la Terre et les plans spirituels caractérisés par sans un vaste champ, sans terre, ciel et un peu sombre. À ce moment-là, les deux ne comprenaient pas encore ce qui s'était passé.

C'est là qu'une grande ombre les a approchés avec des cris d'horreur et de sarcasme.

D'un autre côté, loin, une lumière s'allumait. Les deux étaient confus et demandaient :

« Qu'est-ce qui se passe ? Quelle est cette ombre et cette lumière ?

« Télépathiquement, quelqu'un dit : L'ombre est la tête des Anges Rebel et la lumière un ange de Dieu.

C'est là que l'Archange noir s'approchait et révélait sa forme, les rendant encore plus étonnés.

« Wow, comme il est grand. C'est un géant devant nous ! (Raquel et Romero s'exclament)

Avant l'Ange, Satan les approcha, les attrapa entre ses mains et dit : Vous êtes tous à moi !

En ce moment, elle entend un grand cri pour l'aide et la miséricorde de la part d'eux et Raquel a dit :

« Vous ne pouvez pas faire plus que Dieu !

Satan, avec son sarcasme habituel, répondit :

« C'est vrai ! Mais où est ce Dieu ? Il faut la foi et vous ne l'avez pas.

Avec cette réponse, c'était le tour de Romero de parler :

« Vous n'avez pas le droit de m'emmener. Je n'ai jamais volé, tué ou fait d'injustice. Ça va. Nous sommes des enfants de Dieu !

Cette plainte était la pièce clé pour que la lumière se manifeste. Puis d'autres anges apparurent, entourent Satan et l'emmenèrent. Le diable n'avait vraiment pas le droit de tourmenter Raquel et Romero, qui étaient de bons gens dans la vie. Comme Jésus l'a promis, la lumière appartient aux justes.

Cependant, si c'était le cas des gens déformés, Satan serait autorisé à les prendre et à les tourmenter autant qu'il le voulait. Car chacun récolte ce qu'il sème dans la grange (ce qui est ce monde) et Dieu est aussi Justice ! Juste le rappel. Réveillez-vous ! Lâchez-moi la rancune, l'égoïsme, la fierté, l'intrigue et toujours le bien sans regarder qui. On ne sait jamais quand notre jour sera.

22.30- Post mortem : Le prix amer d'une âme

La miséricorde de Dieu est très grande quand il est prêt à sauver tous ses enfants, même les plus pécheurs. Les moyens de ce miracle sont par l'intermédiaire de ses disciples sur Terre, ceux qui sont prêts à payer un certain prix pour la liberté de ces âmes.

Divine était l'un de ceux qui ont choisi ce type d'œuvre, s'étant sacrifié plusieurs fois pour ses frères. Cependant, dans le dernier, il regrette d'être si bon (le prix de l'âme était coûteux).

Le prix devait être battu par l'archange noir pour une nuit entière. Il souffrait physiquement et moralement des infractions transmises. Parmi eux, les principaux étaient :

« Tu m'as pris une autre âme. Qui vous prends-tu ? Tu veux être Dieu ? Ne vous mêlez pas de questions qui ne vous concernent pas.

A un autre moment, l'archange poursuit :

« Si tu me prends une autre âme, je te tuerai, je te tuerai, je te tuerai ! Je ne le fais pas maintenant parce que je ne suis pas autorisé.

En conclusion, il a déclaré :

« Vous avez eu pitié de cette âme dépravée et sale. Dis-moi maintenant : qui prend pitié de toi ? Vous sacrifier pour un Dieu que vous ne connaissez même pas.

Dans ces moments d'agonie, Divine fut réconforté par les anges :

« Garçon d'or, c'est pourquoi Dieu t'aime tellement. (Gabriel)

« Vous recevrez des bénédictions sans fin, et vous deviendrez un grand homme. (Miguel)

« Tout le bien que vous faites sur Terre, vous recevrez deux fois plus de récompense au ciel. (Rafael)

L'épreuve a pris un moment et, finalement, Divine était en paix. Je n'étais pas convaincu si je voulais répéter l'expérience, mais j'étais heureux pour les âmes que j'avais aidées à sauver.

Morale de l'histoire : charité est une attitude courageuse que seuls les vrais amis le font. Préférez-les à l'argent, au pouvoir, à la vanité et à l'ostentation qui sont des passagers.

22.4 Rencontre avec Dieu

À un moment, Divine errait autour de rencontrer plusieurs personnes en chemin. Avec chaque bonne action, il fit envers ces gens, sa lumière intérieure augmenta, étouffant les ténèbres qui le mettaient en danger.

Il arrive un temps où la lumière s'intensifie beaucoup et les ténèbres s'éloignent complètement. Au bout du chemin, une voix mystérieuse lui parla : « Vous êtes la lumière des lumières, la vraie lumière du monde.

Cela dit, la route a été achevée avec succès.

Morale de l'histoire : Faire une différence. Choisis la lumière. Transformez le monde avec vos idées. Pratiquez la charité, l'amour et le détachement. Soyez aussi un enfant de lumière comme Divine l'est.

22.5 - L'autorité de Dieu

Le don de Divine s'est développé de façon visible, mais il n'y avait pas de contrôle sur lui. Il attirait des esprits à faible vibration qui prenaient plaisir à le harceler, le rendant presque fou. C'est alors que l'un de ces temps-ci est intervenu :

« Esprits obsessifs, ne t'approche pas de ce jeune homme.

Les esprits répondirent :

« Nous ne partirons pas. Nous continuerons à le blesser parce que ça nous donne du plaisir.

Le guide spirituel de Divine, toujours à ses côtés, participait aussi :

« Éloignez-vous de lui. Obéis Dieu. Sinon, tout le monde va aller en enfer.

« Nous n'obéissons à personne. (Spirits)

Dieu s'est ensuite manifesté de nouveau :

« Très bien. Ils regretteront qu'ils m'aient contesté. Tu devrais les détruire. Cependant, j'ai une meilleure punition. Lucifer, viens ici.

Une ombre s'approchait rapidement en obéissance au créateur et se rapprochait de Divine et des possesseurs. Il a demandé par la lumière :

« Oui, maître, je suis là. Que souhaitez-vous ?

« Prenez ces esprits avec vous. Je ne veux plus d'eux.

« Comme vous voulez.

« Fais attention à ne pas blesser le garçon.

Lucifer a ensuite commencé à les attraper un par un.

Les esprits obsédés, effrayés et furieux criaient :

« Vous nous payez, nous allons prendre la vengeance.

Lucifer interrompt :

« Il n'y a aucun intérêt à le menacer. Moi, qui suis Dieu, ne peut rien faire contre lui. Combien de plus, vous.

Lorsque Lucifer prit possession de tout le monde, la lumière suprême se manifesta à nouveau :

« Prêt. Vous pouvez vous retirer.

« C'est bon. Quand tu veux me donner plus d'âmes, appelle-moi.

Cela dit, Lucifer se retira avec les esprits et avec ce Divin devint plus calme. Le mal avait été enlevé.

Morale de l'histoire : Priez et surveillez toujours les frères parce que le mal est partout et notre défense est notre foi. En cas de détresse, tournez au Seigneur des armées qu'il vous comprendra.

22.6-L'importance de l'homme dans le plan de Dieu

Nous sommes le culminant de la création, la réflexion du créateur, le sens de la vie. Nous avons été créés pour rêver, évoluer, vivre et amour. Chaque personne représente un morceau de divinité. Nous sommes plongés dans tout, ce qui représente l'âme vivante de cette planète.

Pour illustrer, je vais vous dire deux faits importants dans la vie de Divine :

1. La rencontre avec Miguel : Comme nous le savons, après avoir abandonné le cours, Divine subit un conflit spirituel très intense. C'était comme si le bien et le mal se battaient entre eux. C'est là que, dans le désespoir, il invoqua la présence de Miguel Archange et pour avoir une âme pure, Dieu accorda la demande, l'envoyant. C'était une nuit claire, avec basse température et dans une

certaine mesure calme. L'apparition se déroule hors de sa maison, quand Divine sortit pour contempler les étoiles (il ressent une lumière forte, intense, quelque chose d'effrayant par l'intensité). Peu après son arrivée, Divine se sentait mieux et instantanément quelque chose l'a poussé à dire ce qui suit : « Vous m'avez déjà sauvé, vous pouvez partir. Pour Jésus ! Au début, il n'a pas obéi (après tout, il est Miguel Archange, un des sept esprits de Dieu). Cependant, à l'insistance de Divine, il finit par obéir et se retira à son lieu d'origine.
2. Divine a également pénétré dans une crise dépressive et a eu de plus en plus de difficultés à dormir. Puis il a commencé à prendre des médicaments. Fatigué de ce subterfuge, un jour, il décida qu'il ne prendrait pas de médicament et espérait dormir. À cette fin, il pria toute la nuit et à l'aube, il eut la réponse qu'il attendait. Un ange est venu le toucher. Dès lors, il n'a pas besoin de prendre plus de médicaments.

Morale de l'histoire : Nous sommes rois et seigneurs même sur les anges et la foi constante peut faire des miracles.

22.7- *Expérience corporelle extra*

De nombreuses personnes dans le monde ont déjà révélé qu'elles avaient eu des expériences cardiopulmonaires, en particulier le NDE (expérience quasi-décès). A ces occasions, certains sont allés au ciel, en enfer, en limbo, ou même à la ville des hommes.

Dans le cas de Divine, il était spontané. Grâce au sort, son esprit est devenu détaché de la chair et, à ce moment-là, il peut observer son corps près du lit. Peu après, assisté de son guide spirituel, il eut une rencontre privée avec un parent de celui qui était décédé. Dans cette rencontre passionnante, il a eu la rare occasion de discuter, d'éteindre sa soif et de passer de l'énergie pendant un court laps de temps.

À l'adieu, il a donné à sa famille un gros câlin et un baiser. Enfin, il est parti, retournant au corps grâce à son guide. L'autre jour, il remercie son père spirituel pour la rare et incroyable bénédiction qu'il avait eue.

Il a été vraiment béni.

22.8-Expérience au-delà du temps

Les puissances spirituelles divines grandissaient clairement. Il a réussi à traverser la ligne de temps en se transportant jusqu'au passé. Il est revenu aux quarante, exactement au lieu de sa résidence.

C'était la date de son inauguration. Divine s'est approché des hôtes demandant la permission d'entrer. Il fut aimablement reçu par eux et il fit un point de montrer la chambre à la maison par la chambre : le ciment était rouge en tonalité, rideaux de côté à côté, des chambres bien conçues, mais pas très spacieux, décoré de meubles en bois et de peintures religieuses, une maison propre et préparée comme la nuit, les lampes étaient allumées.

Pendant plusieurs heures, Divine a apprécié ce moment avec des gens très bénis. Finalement, il dit au revoir, se dirigea vers la sortie et avait déjà fait le voyage à son époque. Un autre fait incroyable dans ta vie !

Morale de l'histoire : Il n'y a rien d'impossible pour ceux qui croient en Dieu, c'est-à-dire dans les forces bénignes de l'univers.

22.9 - La guérison spirituelle

C'est un processus dans lequel le médium psychique incorpore un esprit capable de l'aider dans des opérations qui peuvent entraîner la guérison de la maladie du malade.

Sur ce sujet, Divine a eu l'expérience suivante : Il a été invité à observer l'opération d'un garçon qui avait une tumeur au cerveau. Avec une grande délicatesse, le docteur Ramei, assisté par l'infirmière Cristina, s'est occupé de toutes les étapes de ce processus. À la fin de la procédure, la tumeur s'est désintégrée. Merci, et glorifie ceux qui n'ont fait que le bien !

Le pouvoir de guérison

Il était une fois un paraplégique de naissance appelée Gliard. Comme il était naturel, sa vie n'était pas facile et malgré sa foi en Dieu, il se demandait parfois quel péché il aurait commis tant de souffrir. Son rêve était de marcher à nouveau.

Pour se déplacer, il a utilisé un fauteuil roulant qu'il a conduit lui-même. Il l'utilisait tout le temps, même dans les rues. C'est là qu'un jour une honte s'est produit. Il a traversé une avenue occupée, il a été surpris par une voiture qui s'est écrasée. L'impact a été brutal, causant sa mort.

Déjà mort, il est resté avec les mêmes difficultés. À ce moment-là, il a eu l'occasion de rencontrer son ange, dont le nom était Balzak. Cet envoyé divin, plein de pitié, décida de l'aider.

Elle l'a porté dans ses bras et l'a emmené au jeune Divin. Elle l'a placé près d'elle, près du lit et dit :

« Touche-le et tu seras guéri.

Gliard, déplacé par une force interne impressionnante, répète ce qui suit en pensant :

« Même si je touche seulement son bout du doigt, je serai guéri.

Avec un peu d'effort, ses doigts touchaient le corps de Divine et, en l'instant, une force est sortie du jeune homme et le guérissait. Au début, il était un peu décalé, mais peu à peu il se tenait les pieds et il était érigé. Gloire à Dieu ! (Exclamé la même chose)

Il rencontra son ange et se laisse emporter. Il fut guéri et pouvait aller en paix et sans ressentiment pour le royaume de la lumière.

Morale de l'histoire : La foi produit de vrais miracles.

22.10- L'attaque des démons

Le processus d'évolution divin se poursuivit entre la lumière et l'obscurité. Un jour où il était imprévu, c'est-à-dire avec son corps ouvert, les démons furent autorisés à l'approcher. Il y en avait une dizaine, avec leurs ailes brillantes, des ombres terrifiantes et animales. Je vais transcrire quelques lignes de ce passage :

« J'aime tourmenter des gens comme vous, des gentilles filles. (L'une reprend)

« Nous apprécierons qu'il soit faible. (Autres)

À ce moment, le protecteur de Divine les a approchés et les a déroulés :

« Arrêtez de le harceler, vous malheureux.

« Arrêtez ? Qui allons-nous arrêter ? Toi ? (L'un d'eux)

« Si nécessaire, oui. (Ange Divin)

« Nous sommes dépassés, brute. (Observé un autre)

L'ange divin se voyant avec ses mains attachées menacées :

« Si tu ne sors pas, j'appellerai l'un des princes suprêmes pour t'apprendre une leçon.

« Qui ? Rafael ? Gabriel ? Miguel ? J'ai de mauvais souvenirs du dernier battement que j'ai pris. Ils ont la même force que notre Dieu. (Commenté le chef, qui dénonce la peur)

"Où est votre patron ? (Ange Divin)

« Il porte des âmes en Asie. C'est pour ça qu'il n'est pas venu s'amuser.

Les démons sont restés dans leur attaque contre Divine sans merci. Pleine de commotion, l'ange du même se manifesta encore :

« Il arrive. Je ne supporte plus de voir ce massacre.

« Il va falloir le prendre. Nous sommes une légion de pouvoirs pendant que vous n'êtes qu'un trône. (Le patron)

A ce moment-là, quelque chose de mystérieux et fantastique s'est produit : une lumière mystérieuse émanait du corps de Divine illuminant tout le monde autour de lui. Ce fait a enlevé les ombres des démons qui ont été forcés de se retirer.

Même s'ils étaient contrariés, ils étaient forcés de partir pour de bon. Puis l'ange de Divine s'approcha, embrassa son protégé et commenta :

« Calme. Tout ira bien maintenant.

« Pourquoi me tourmentez-vous ? (Rechercher Divine)

« Tu es un rocher dans leur chaussure. Sa mission est de rapprocher les gens de Dieu, de mettre un terme définitif au cycle des ténèbres dans ce monde. (Expliquée)

« Puis-je compter sur votre aide ?

« Jamais. En bon temps et en mauvais temps, je serai avec toi. Maintenant, reposez-vous et dormez. Demain est un autre jour. Bonne nuit.

« Bonne nuit.

Avec l'ange à côté de lui, Divine se détend et se laisse emporter. Combien de temps souffrirais-tu ? Il espérait que cette phase passera bientôt et qu'elle viendra au dernier moment.

En avant, guerrier !

22.11 L'ange et le messager

Quiconque a deux êtres spirituels distincts : un ange et un messager. Avec ses pouvoirs en développement, Divine a eu des contacts avec les deux. Alors que l'un l'encourageait, l'autre le décourageait en formant ses « deux opposés ».

Voici une expérience intéressante de la même manière avec ces deux entités.

Une belle nuit sombre avec une pleine lune, le messager s'approchait près de 24 h. Il s'assit sur son lit et commença à discuter avec Divine.

« Est-ce que tu veux dire que tu es celui qui t'appelle le fils de Dieu ?

« Oui. Tous les hommes qui suivent la loi divine et ouvrent leur esprit à la lumière peuvent être appelés « Enfants de Dieu ».

« Imbécile ! Tu n'es pas le fils de Dieu ! Je vais le prouver maintenant.

Cela dit, il s'appuyait sur un pied et avec l'autre essaya d'écraser le protégé avec une grande colère. Toutefois, le mouvement du pied ne s'est pas terminé en étant suspendu dans l'air. C'est là que son ange s'approchait et vint crier :

« Que voulez-vous avec mon protégé ?

« Baissez sa crête.

« Monstre ! Tu n'as pas ça.

À ce moment, une lutte titane entre les deux a commencé à utiliser des épées, des boucliers, des rayons et des flèches stellaires. Par le sort, l'ange profita et conduit le messager.

Avec la mission accomplie, il approcha Divine, reposant sur son lit. Dans le prochain moment, elle l'a couvert de la paume de sa main. Il s'écria :

« Si tu n'existais pas, je n'existerais pas non plus.

« Merci, je t'aime aussi ! (Retourné Divine)

Le reste de la nuit, le petit rêveur essaya de se reposer pendant que son ange était toujours en garde. Divine était vraiment un être spécial car il était l'un des rares de la planète Terre qui connaissait son ange. Je l'ai senti et l'entendre. C'était son lien avec le plan spirituel, avec le divin. J'espérais que ça continuerait comme ça pendant toute une vie.

22.12-Le poids

Un autre jour de faiblesse spirituelle, un démon connu comme un bar lourd a réussi à se rapprocher de Divine. Avec son ombre et ses ailes écarlates, il s'assit sur le lit et grimpa progressivement sur le corps de Divine.

En réponse à cette attaque, Divine essaya de se transformer pour étouffer son noir. Cependant, cette méthode n'a pas fonctionné parce que son halo lumineux avait disparu complètement pour une raison inconnue.

Voyant l'effort de Divine, le démon s'exclama :

« Vous avez beaucoup de pouvoir. Il ne sait toutefois pas comment l'utiliser correctement.

Sans plus de barrières, les peseurs montèrent plus haut sur le corps de Divine. Quand il l'a complètement maîtrisé, il a communiqué :

« Je vais sucer toute votre énergie vitale !

Désespéré, Divine a fait une dernière tentative de se sauver : il a pensé à l'image du Christ qui était fouettée et crucifiée pour son aide. Immédiatement, le démon a agité et fui sa présence.

Le sang du Christ a vraiment le pouvoir !

23-Secrets
23.1-La pression de la terre

En plus des découvertes spirituelles de plus en plus fantastiques, Divine connaît un dilemme corporéité-spirituel. Je t'explique. Comme Divine était déjà dans un stade avancé de l'évolution, elle refusait de faire l'amour. Pour lui, le sexe était un complément d'une relation saine qu'il n'avait pas encore trouvé. Avec cela, son corps matériel l'a pressé de plus en plus en cause des problèmes physiques.

C'est là que Dieu s'est manifesté par la Vierge Marie. Elle s'agenouillait dans le ciel lui demandant :

« Mon fils, attention à cette créature. Vous êtes si puissant et bénéfique, guérissez-le.

« Pas ma mère. Le temps n'est pas venu pour le guérir. En plus, j'ai passé un marché avec la terre. J'ai accepté de ne pas interférer avec les processus naturels.

« Mais puisque vous êtes celui qui l'a créé, vous pourriez interférer comme vous le souhaitez. Aide-le.

Jésus, dégagé et habillé en jeans et un T-shirt rayé, a fait un visage sérieux, analysant la situation un moment. Puis il conclut :

« C'est bon. Que ne fais-je pas pour toi ?

Cela dit, le créateur a volé dans toute sa gloire de son trône vers la Terre. Quand il s'approchait, il s'écria :

« Terre, pourquoi le tourmentez-vous ?

« Je le tourmente parce qu'il refuse de répondre à mes vœux : je veux qu'il se reproduise.

« Ce n'est pas utile. C'est un esprit très évolué. Il ne cédera pas à vos tentations.

« Je ne veux pas savoir. Pour moi, il est comme n'importe qui.

« Ne le tourmentez plus. Je vous envoie. Obéis.

« Pourquoi obéirais-tu ?

« Parce que je t'ai élevé.

« Je ne me souviens pas d'être élevé. Je sais juste que je suis sorti d'une grande explosion.

« C'est moi qui l'ai taquinée.

« Oui. Mais vous devez savoir par la loi naturelle qu'aucun esprit ne peut interférer dans la matière. Je continuerai à te tourmenter.

« Si vous continuez, je vous détruirai.

« Si tu me détruis, tu détruiras toute sa création.

Cette réponse de la Terre a fait réfléchir Jésus. En effet, c'était une grande vérité, et comme il aimait l'humanité infiniment, il cessa d'insister. Puis il revint au ciel, trouva sa mère et la réconforta.

« Je n'ai pas encore pu le faire. Mais ne vous inquiétez pas. Je vais trouver quelque chose pour vous aider.

« Oui, j'ai confiance. Ce jeune homme sera toujours content. (Elle a répondu)

23.2-La proposition de Dieu

Cela fait huit mois que Divine avait terminé son cours d'ingénierie électrique et sa vie continue comme toujours comme monotone. De nouveauté, seulement l'achèvement du cours informatique de base. Toutefois, aucune proposition de travail n'a été parue.

Bien qu'il n'atteigne pas ses objectifs, il poursuit ses études pour la compétition comme d'habitude le matin et l'après-midi, c'était le moment de prendre des loisirs. Un de ces après-midi, il a saisi l'occasion de méditer sur la vie et ses implications : la mort, le temps, l'avenir, la fin. Dans cet exercice, il reçut une visite de l'éleveur qui lui a communiqué rapidement :

« Avez-vous peur de la mort, Divine ? Sachez que la mort n'existe pas parce que vous êtes un être éternel.

« Je sais que je le suis. Mais cela ne suffit pas pour contrôler le sentiment qui m'envahit quand je pense à cela : Savoir que tout ce que j'ai construit et lutté sera perdu avec ma mémoire.

« Tu ne te perdras pas. Vous vivrez à travers vos écrits. Avez-vous pensé au nombre de personnes que vous aiderez ? Leur mémoire ne leur sera pas effacée. Rappelez-vous : s'il n'y avait pas de mort, il n'y aurait pas de vie et vice versa.

Ces mots déplaçaient beaucoup Divine, et il commença à pleurer obligatoirement. Dieu est alors intervenu :

« Pourquoi pleures-tu ? Ne pleure pas si je ne pleure pas non plus.

« Je ne peux pas expliquer. C'est involontaire.

« Que voulez-vous ? Tu veux que je te fasse la même chose que moi à Hénoch ?

« Comment ça se passerait ?

« Je déclencherais un ouragan et vous emmènerais au ciel vivant. Chaque jour, je retourne sur terre pour lui chercher de la nourriture. Il est beau comme toi.

« Non, merci. Je ne suis pas meilleur que mes parents. Je dois accomplir ma mission. En plus, je mourrais si je faisais un ouragan.

« Je ne mourrais pas, homme de peu de foi. Tu ne perdrais pas un seul brin de tes cheveux.

Quelque chose a contraint Divine à continuer à pleurer inconsolablement. Dieu est alors encore intervenu :

« Arrête, jeune homme gâté. Je te promets que tu seras le premier à être ressuscitée dans le nouveau monde. Saviez-vous que jusqu'à présent, les anges pleurent ?

« Pardonnez-moi. Je suis un idiot. Quand arrivera le nouveau monde ?

« Dans dix mille ans. Si vous révélez ce secret, il n'y a pas de problème. Je change mes plans.

« Ne vous inquiétez pas. Je sais garder des secrets quand c'est nécessaire. Merci pour les mots.

« De rien. J'arrive. Quand tu mourras, je viendrai te chercher. Je veux plutôt vous révéler un mystère : Vous êtes l'une des petites particules du Christ ressuscité. Dans ma grande bonté, je voulais que mon fils soit éternel. J'ai transformé ses particules sacrées en esprits. Tu es l'un d'eux, le plus béni. Je trouve mon plaisir en vous. N'est-ce pas surprenant ? Tandis que le monde pleurera ta perte, je sourirai, pour toi, retournerai chez moi.

Cela dit, l'esprit divin a certainement déménagé en laissant Divine seul. Alors la tranquillité régna encore.

23.3 - Gabriel arrive

C'était l'aube.

Un jour nouveau commençait et Divine était prêt (corps et âme) à le faire face. Son guide spirituel l'avertit : Un Dieu convaincant approche. Qu'est-ce qu'il veut de toi ?

Quand il s'approchait, Gabriel descendit dans sa chambre avec ses ailes brillantes et commença la conversation avec l'ange de Divine :

« Est-ce que vous voulez dire que c'est l'homme que Dieu a choisi de répandre son message et de rapprocher les gens de la lumière ? C'est magnifique.

« Oui, c'est ça. C'est le plus beau de tout ce qu'il a choisi au fil du temps (plus à l'intérieur qu'à l'extérieur). (Angel)

« Si fragile et si non protégée. Est-il prêt à assumer les responsabilités de sa mission ?

« Bien sûr, c'est le cas. Dieu ne fait pas d'erreurs. Avec mon aide, il aura un avenir brillant.

« Si vous avez besoin d'aide, appelez-moi. Je serai attentif.

« Merci. On appellera oui.

Gabriel accueille l'ange de l'ordre et béni Divine. Puis il a commencé à voler ses ailes longues et a finalement quitté. Cela a été une expérience incroyable pour les deux parties.

23.4 - Une nouvelle chance

Vers 1 h du matin, la fête qui avait commencé il y a deux heures était encore très difficile : de jeunes couples rencontrés, d'innombrables couples dansants, d'autres drogués et d'autres se sont évanouis sur le sol (Surveillance par l'effet de l'alcool).

Parmi ceux-ci, Gilbert (un jeune homme plein de vie, de rêves et d'attentes) accompagné de quelques collègues. Ils se reposaient à une table après une grosse ronde de boissons, de nourriture et de danse.

Jusqu'à un moment donné, une fille attirait son attention et comme il était touché par la boisson, il décida d'investir dans elle. Il s'est levé de la table, est venu à la fille, l'a emmenée par les hanches et a dit :

« Et si on sortait avec moi ?

« Qu'est-ce que c'est, mec ? Tu es fou ? Je suis engagé.

« Tu mens. Personne ne laisserait une beauté comme toi seul.

« Nous ferions mieux de nous arrêter ici. Laissez-moi tranquille.

Gilbert s'en fiche. Il l'a embrassée avec force, lui a pris le bras et a commencé à la sortir du bar. Désespéré, la fille qui s'appelait Cristina, a commencé à crier à l'aide.

Son attitude attirait l'attention de ceux qui étaient présents, y compris celui de son petit ami, Eduardo, qui était un peu éloigné. Quand il réalisa ce qui arrivait à son bien-aimé, il était furieux et laissé la défendre.

Quand il s'approchait des deux, avec une agilité incroyable, il a libéré la fille de l'impudeur et s'est mis à la main avec Gilbert. Comme il était sobre, il profita et, au bon moment, il tira une dague de sa taille qu'il portait toujours. Sans pitié, il a coincé dans le cœur de l'adversaire. C'était assez pour l'immobiliser.

À ce stade, les autres ont intrus. Ils ont mis la dispute de côté, mais il était trop tard. Le coup était mortel et Gilbert était mort sur place. Ils n'avaient que le travail de le porter et de le ramener à la maison.

Pendant ce temps, son esprit se mit à errer. Il trouva son ange, mais il ne savait pas ce qui s'était passé. En raison du sort, lui et son ange approchaient Divine. Il en va de même pour entendre et sentir le débat chaleureux entre eux :

« Tu es déjà décédé. (Gardien)

« Je suis vivant. Tu ne peux pas me voir ? (Gilbert)

« Tu n'es qu'un esprit. Votre place est maintenant l'avion spirituel. Viens avec moi ! (Gardien)

« Je n'accepte pas. J'étais juste un jeune homme de 18 ans. Je voulais aimer, marcher et avoir des enfants. En tout cas, en direct. (Gilbert)

« Il faut se conformer. Ce qui est fait n'est plus à faire. (Tuteur)

« Je voulais une nouvelle chance. Retourne vivre. Je promets d'être une meilleure personne. Je veux prendre de nouvelles actions et donner plus de valeur au miracle qui est la vie.

L'émotion prenait le dessus et tout le monde présent. Divine, alors gémir et pleurer :

« Papa, donne-lui une autre chance. Qu'il soit né de nouveau et puisse accomplir tout ce qu'il n'a pas accompli dans cette vie.

Juste après cette demande, une lumière brillait autour d'eux, laissant Gilbert impressionnait :

« Quelle lumière est-ce ? (Il a demandé)

« C'est le créateur. Il entendit la prière de cet ange. Vos souvenirs seront presque tous effacés, et vous serez encore nés. (Le tuteur)

Il s'approche de Divine et d'un ton d'adieu, il dit :

« Merci d'avoir existé. Je n'oublierai jamais ce que tu as fait pour moi.

Cela dit, il s'en alla avec son ange vers la lumière. Là, un nouveau cycle de réincarnations commencerait, fourni instantanément par la prière divine.

Pendant ce temps, le bourgeon de dos continuerait sa saga sur Terre à la recherche de son destin. Allons de l'avant !

23.5-La rencontre avec le Diable

La vie a continué. Même sans compréhension, avec les expériences qu'il a vécues, Divine a englobé une quantité plus importante d'informations sur les dimensions existantes, le préparant à la mission qui commençait.

Bien que son rôle ne soit pas clair, il comprenait qu'il avait été choisi parmi beaucoup pour le succès, le succès et la découverte éternelle. C'est à lui de transmettre cela d'une manière ou d'une autre à l'univers qui l'a accueilli et c'est trop tard. Mais c'était quelque chose pour l'avenir.

Pour l'instant, le moment était une des découvertes. L'un d'eux qui était un bassin hydrographique était la rencontre avec l'archange noir.

Cet épisode a eu lieu dans un endroit secret, spacieux, large, avec peu d'éclairage et à l'heure actuelle Divine était complètement seul. Cet endroit est à la frontière entre les deux mondes.

C'est là que le tentateur s'est approché et le dialogue a commencé :

« Qui êtes-vous ? (Demande divine)

« Je suis connu comme le Diable.

« Que veux-tu de moi ?

« Je viens vous faire une proposition. Reste à mes côtés et je te donnerai le monde en échange.

« Parce que tu me veux ? Je suis un homme faible et impuissant.

« Ne vous dépréciez pas. Tu as beaucoup de valeur.

« Sachez. Mais pour le moment, je ne suis pas intéressé par la proposition.

« Il est sûr ? Et si je me fâche ? Tu n'as pas peur de moi ?

« Pourquoi cela serait-il ?

« Je suis un monstre avec sept ailes et trois cornes.

« Je vois. Cependant, je ne suis pas impressionné.

« Je pourrais te dominer.

« Si tu faisais cela, je mourrais d'ennui parce que ma vie est ennuyeuse et pleine de souffrance.

« Ce n'est qu'une phase. Le boom suivra. Tu es sûr que tu ne veux pas penser à ma proposition ?

« Non. Je ne sers simplement pas ton royaume parce que je suis bon.

« Je comprends. Nous sommes alors ennemis. Même ainsi, j'admire votre effort et votre dévouement.

« Merci. J'ai une question. Pourriez-vous me sortir de là ?

« Ça dépend. Que voulez-vous savoir ?

« Êtes-vous un ange ou un frère de Dieu ?

« Ce que je peux vous dire, c'est que je suis tout ce qui est mauvais au monde. Ni vous ni personne ne saura vraiment qui je suis. Si je savais, je mourrais. Quelque chose de plus ?

« Non. Merci.

« Au revoir. On se verra toujours.

Cela dit, il s'est enfin enfui, disparaissant de la scène. Le fils de Dieu fut laissé seul. Peu après, Divine s'est transporté chez elle. Je devais être félicité d'avoir résisté. Continuons !

23.6-La ville des hommes

Un autre moment important de la vie de Divine, qui avait déjà vingt ans, fut la découverte du secret des sept portes. Avec ce nouvel atout en main, il avait accédé à plusieurs reprises à un avion spirituel très proche de la nôtre « Ville des hommes ».

Dans cet endroit éclairé avec des caractéristiques proches de notre planète, il découvrit une humanité évoluée, mais toujours avec des restes matériels. Tous ceux qui y habitaient avaient besoin de nourriture, de physiologie et même de sexe.

Cette période était très productive, mais il a fini par abandonner parce qu'il était prêt à vivre sa vie normale sans absorption. Il n'était pas encore temps de se pencher sur ces questions.

La question centrale était sur terre et se concentrerait seul sur elle. Puis il dit au revoir à la « Ville des hommes » une fois pour toutes. C'était traumatique, mais extrêmement nécessaire pour sa santé mentale.

La vie continue !

23.7- Le pêcheur

Fatigué de la monotonie et de la routine qui a transformé sa vie, Divine décida d'aller faire une promenade dans sa communauté. La destination était la plage et avec un peu d'effort, sa mère acceptait de payer son billet.

Avec tout ce qui est combiné, le jour et l'heure prévus, le minibus est parti du La village de la feuille. Il traversait des rues, il a pris la voie BR 232 et s'est dirigé vers Recife. En environ trois heures de voyage, il a eu l'occasion unique de passer par une série de villes qu'il n'avait jamais imaginées. Plus de preuves que la vie n'était pas limitée à son bastion.

Ils sont entrés dans la capitale et sont allés à la plage pour un bon voyage. Face à la circulation encombrée, il a fallu une heure de plus jusqu'à ce que le débarquement près de la destination. Enfin, ils sont sortis de la voiture.

Avec ses collègues, Divine a commencé à jouer dans le sable. Il est resté dans cet exercice pendant un moment. Puis il est parti boire de l'eau de noix de coco près de la plage. C'est à cette occasion que la présence d'un homme blanc court, épais, avec des cheveux noirs et de bons regards attirait son attention. Il a décidé de se rapprocher. Quand il s'approchait, l'homme remarqua et cria :

« Fils de Dieu, que fais-tu ici ?

« Tu me connais ? Pourquoi demandez-vous des explications sur quelque chose qui ne vous concerne pas ?

Malgré le commentaire désagréable de Divine, l'homme ne semblait pas s'en soucier. Tant qu'il marchait un peu plus loin et quand il est arrivé de son côté, il reprit la conversation avec un air sérieux.

« Mille pardons, mais c'est que j'ai perçu la souffrance et l'angoisse dans ton cœur. Je peux vous aider ?

Etrange Divine se sentait totalement confiance en cet homme. Elle a décidé de lui parler de sa vie troublée.

« Oui, au moins écouter. J'ai des visions, des rêves, des préjugés et des intuitions. Je vois en eux un peu le présent, le passé et l'avenir. Malgré cela, je ne comprends pas pourquoi il vient sous forme d'énigmes. Est-ce que je vois l'avenir ? Je vois, mais je ne peux pas m'en empêcher. Est-ce que je vois le passé ? Je vois. Les souvenirs sont inutiles.

« Ne niez pas vos dons. Ils les rendent spéciaux. Utilisez-les pour le bien parce que votre chemin est léger. Je me fiche de ce que les autres pensent.

« J'ai tant de doutes quand je suis au fond du puits : pas de travail, pas d'amis, pas de force pour continuer à se battre. En outre, j'ai eu des visions qui n'ont pas encore été passées.

« Tout a son temps, mon garçon. La tempête passera à un moment donné jusqu'au calme. Ayez confiance en Dieu. Il t'aime infiniment et ne t'abandonnera jamais. Rappelez-vous : parmi tous les êtres humains, vous êtes le seul qui n'a aucune raison de douter de lui parce qu'il vous a donné d'innombrables preuves du futur splendide, il a planifié pour vous.

« Oui, je sais. Je connais ce plan. Tout cela augmente encore ma responsabilité dans le voyage de ma vie.

« Maintenant, je dois y aller. Je préparerai ces poissons que j'ai capturés.

« Allez en paix, mon frère et merci.

« De rien.

Cela dit, il a commencé à s'en aller. Cependant, étant à moyen distance, il se retourna et s'écria :

« Que vous accomplissiez tout dans votre vie !

Puis il poursuivit son chemin habituel, disparaissant plus tard. Divine revint ensuite avec ses collègues et pour le reste de la journée, il apprécia la tournée sans commentaire sur ce qui s'était passé.

À la fin de la journée, ils sont retournés au bus, reprenant le chemin de retour. Au moment prévu, ils arrivent normalement à la maison et Divine saisit l'occasion pour se reposer beaucoup. Qu'est-ce qui allait arriver ? Continuez à suivre, lecteurs !

24-*La période de trois ans (2004-2006)*

Après la rencontre mystérieuse avec le pêcheur, Divine revint ses activités habituelles sans aucune préoccupation majeure. La vie a duré normalement. Dans un délai de trois ans, certains faits pertinents se sont produits. Les principaux étaient : De nouvelles approbations dans les examens publics et d'entrée, début de travail dans la littérature comme thérapie, émergent ainsi son premier livre, la crise existentielle et nerveuse et coulent dans la nuit sombre de l'âme.

Dans cette période heureuse, triste, troublée et compliquée en même temps, il a reçu le soutien de sa famille et de ses amis les plus proches, comptant sur la patience de chacun. Il avait vingt-trois ans, et il se sentait redevable à tout le monde.

Il était temps de passer à mes études, à d'autres activités et à travailler comme je m'attendais à être bientôt appelés. En avant, guerrier ! Nous sommes avec vous.

25-Nouveau cycle

2007 commence. Premièrement, bonne nouvelle : Divine avait reçu une lettre l'invitant à présenter des documents et des examens médicaux dans le concours qu'il avait passé. Immédiatement, la même chose était de s'occuper des détails et après quinze jours, tout était prêt.

Et il est parti. Il parcourt environ 40 km (quarante kilomètres), prend possession et accepte les détails du contrat. Cela commencerait la semaine dernière, et ce serait sa première expérience de travail gagnant un salaire minimum.

C'était une première étape, même avec toutes les difficultés que l'on rencontrait : distance, faible salaire, inexpérience, peur et possibilité de concilier avec le collège qui a commencé dans une institution fédérale qui promettait d'être exigeante.

De plus, c'était aussi quelque chose de nouveau, et il estimait qu'il était le bon moment de changer d'air, de rencontrer de nouveaux gens, de se distraire, d'étouffer son cadeau qui l'embêtait et de vivre sans crainte d'être heureux comme le dit la chanson.

Il était prêt à montrer au monde son potentiel, pour être fier des Tours comme le légendaire Victor et Rafael, pour avoir la rencontre entre deux mondes, qui rendrait son destin un peu plus clair et plus paisible.

Je voudrais encore essayer sans crainte des conséquences. Tout ce que Dieu voulait ! Bonne chance, Divine.

26-Début du travail et des cours

Une nouvelle vie commençait pour Divine avec le début du travail simultanément avec les cours universitaires. Deux de vos réalisations. Au travail, il a été affecté dans la partie financière de la mairie et a été très bien accueilli par les collègues, tant nouveaux que vieux. En quelques jours, il a démontré son potentiel et a déjà été loué par lui. Comme première expérience, tous ses efforts valaient la peine.

À l'école, outre l'occasion unique d'approfondir ses études et de compléter son enseignement supérieur (rêve des parents), la situation lui a permis d'obtenir l'interaction avec plus de quarante-neuf personnes différentes. Les constructions quotidiennes étaient riches et il n'y avait aucun moyen que la pièce soit ordinaire.

La vie de Divine progresse progressivement avec des améliorations de toutes façons et les perspectives n'étaient pas les pires. Heureusement ! Divine méritait tout son effort. Mais rien n'a été défini.

Deux mois plus tard, les circonstances qui ont suivi ont conduit Divine à prendre une nouvelle décision sérieuse : Arrêtez son travail. Ce ne serait pas cette fois qu'il aiderait sa famille. Les raisons de cette oscillation entre le manque de contrôle du don, la crise nerveuse persistante, l'impossibilité de concilier avec les études et la plus grande (bien qu'il ne l'admette) était une passion écrasante qui l'a consommé et qu'il n'avait aucun espoir d'être réciproque. Une fois de plus, elle s'est enfuie de l'amour sans même essayer. Ne répétez pas cette erreur, lecteurs ! Battez-vous pour votre bonheur.

Maintenant, il ne s'est concentré que sur les études une fois de plus et tout le monde à la maison l'a compris et le soutenait. Au moins, il espérait contrôler son instinct et ne tomber dans le piège de la nuit sombre dont il ne voulait même pas se souvenir. C'est cruel, ça !

Un nouveau « passage » a commencé pour les tours modernes.

27- faits importants en quatre ans (2007-2010)
27.1-Le livre stigmatisé

Même au premier semestre de l'université, Divine a eu des contacts avec un couple, deux personnages qui se sont déroulés parmi les collègues. Une fois, dans un travail de groupe, un débat sur la religion a commencé et avec l'expérience que le jeune homme mentionnait était l'un des plus actifs.

On ignore pourquoi, mais ils ont réalisé leur naïveté et dans une conversation privée ils ont offert de l'aide. Ils ont promis de vous apporter quelque chose qui vous éclairerait vos doutes. Sans réaliser le mal, Divine accepta.

L'autre jour, ils ont accompli leur promesse et, à la fin de la classe, ils lui ont donné le livre. En bref, ils ont expliqué qu'il était spécial et qu'il serait très utile de clarifier certains faits. Cependant, ils ont averti qu'il y avait un danger de rester avec lui pendant plus d'une journée. Le transporteur pourrait même mourir. Bien qu'intrigué, Divine l'accepte et l'emmène chez lui.

Quand il est arrivé, il lisait quelques pages et chaque ligne était plus étonnée par les secrets qu'il révélait. Ce livre était vraiment merveilleux ! Après quelques heures, il s'est fatigué et s'est couché avec le livre sur le côté et espérait avoir le rêve des Dieux mérité. Cependant, il a trouvé le contraire.

Dans une nuit tourmentée, il vivait près des horreurs d'une guerre qui impliquait des milliards de vies. Combien de douleur, de souffrance, de haine, pour une cause injuste mais nécessaire. C'était comme si j'étais là avec eux, tout le temps et il n'y avait rien que je pouvais faire.

La pire nuit de sa vie s'est déroulée, entourée d'ombres, de lumière, de cris et de sang. Quand je me suis réveillé, il a été détruit. Avec un grand effort, il s'est levé, maudit le couple et leur attitude à accepter le prêt. Ce n'était pas cool d'agir ainsi.

Le matin et l'après-midi, il s'est occupé de ses activités normales, notamment des études, des travaux ménagers, de la musique, de la lecture d'un livre, de la télévision, de la promenade, d'aller à la bibliothèque, du bavardage, etc. En tout temps, je ne pensais que le livre maudit, stigmatisé, et lui, comme un médium sensible, ne pouvait lire du tout. Il était déterminé à ne plus jamais répéter l'expérience.

Le soir, après le bain, il est allé à l'université en prenant le livre avec lui. Ne laissez pas votre mémoire que vous ne pouviez pas rester avec lui pendant plus d'une journée. Sinon, la mort était probablement.

Il est arrivé vers 19h, il est entré dans la chambre 6 sur le deuxième bloc et s'assit dans une des chaises avant comme d'habitude. Les autres collègues sont arrivés peu à peu et le couple n'est pas encore arrivé. Quinze minutes plus tard, les cours ont commencé.

Le temps passa et le désespoir de Divine les paroles qui n'apparaissaient pas. Vers la fin de la classe, sa seule issue était de demander de l'aide de son grand ami qui s'assit toujours à ses côtés.

Elle a expliqué la situation en détail, et heureusement, elle a accepté le livre pour sa maison, le libérant de la malédiction. Au moins, il avait sauvé du temps grâce à cette formidable fille.

L'autre jour, les deux vinrent et finalement le livre fut retourné aux propriétaires d'où il n'aurait jamais dû partir. Peu après, ils ont quitté le cours et leur destination n'est pas connue. Ce que Divine savait, c'était qu'il avait connu une force étrange à cause des deux et qu'il n'oublierait jamais. Dégage, livre stigmatisé ! Jamais ! J'espérais.

La vie qui suit.

27.2-Le rêve de la littérature

Comme je l'ai dit plus tôt, Divine avait terminé son premier livre manuscrit. En raison des quelques conditions, j'avais, la seule issue était de le taper au travail dans les heures de la pause. Il a fait ça pendant un mois, ce qui a donné 37 pages au total.

Sans beaucoup de connaissances et d'orientations, il l'a enregistré au bureau du registre à un prix exorbitant, alors que la bonne chose serait de l'enregistrer à la bibliothèque nationale de Rio de Janeiro ou au poste d'Etat.

La prochaine étape consistait à l'envoyer à un éditeur. Et ça l'a fait. Il l'a envoyé à un éditeur à thème catholique, alors que le sujet du livre était quelque peu lié à la partie spiritueuse contenant des rêves, sonnets, essais et phrases de sagesse.

Trois mois plus tard la réponse : manqué. C'était un choc pour ses prétentions, ce qui le fait devenir un peu démotivé. Il a décidé d'arrêter d'écrire même s'il savait qu'il avait beaucoup de talent. Le rêve n'était pas encore à portée de main.

27.3- *Nouveaux défis*

L'année 2008 commence. Pendant cette période, Divine Torres a poursuivi son dévouement habituel à ses études quotidiennes, ses loisirs et ses activités sociales. Toutefois, sa réalité de la pauvreté et de la solitude persistait avec toute sa famille et c'était quelque chose qui l'ennuyait beaucoup.

À la fin de la même année, un feu à la fin du tunnel a commencé à émerger : les approbations dans deux bureaux publics avec des lieux de travail proches de sa résidence. On dirait que la situation allait finalement changer après beaucoup de combats.

Bien qu'il n'ait pas été appelé, il a profité de son temps libre pour lire, sortir avec des amis et des fêtes. La vie a dû être vécue !

27.4-*2009*

Depuis le début, 2009 s'est présenté comme une année décisive dans la vie du petit-fils de Victor Torres, Divine. Parmi les réalisations, l'appel à la position d'assistant administratif dans la mairie voisine et la reprise de son rêve de littérature, commençant à écrire un nouveau livre.

Trois mois plus tard, en mai, il s'était déjà adapté au travail et terminé le livre, 148 pages au total. Cependant, il a décidé de le garder un moment parce qu'il n'avait pas encore assez d'argent pour acheter un ordinateur pour le taper.

Le rêve de la littérature était pour plus tard. Le moment actuel a été consacré exclusivement au travail et à la faculté de mathématiques, qui était très exigeant. J'étais déjà dans la cinquième période sans attendre dans aucune discipline grâce à vos efforts.

Quant à la question de la spiritualité, elle était plus contrôlée et développée que jamais. Avec sa vision de l'avenir, il savait déjà qu'il serait un serviteur fédéral et qu'il aurait le succès qu'il méritait dans la littérature. Cela a alimenté ses rêves de conquérir le monde !

Allons de l'avant.

27.5- La dernière année de l'université

2010 a commencé à promettre pour les Torres. Un autre appel pour assumer une autre position publique (Etat) et Divine quitta la mairie. Immédiatement, je commençais le septième mandat de l'université avec beaucoup de propriétés.

La situation financière s'améliorerait un peu avec lui, commençant à aider les dépenses de ménage et c'était excellent. Bien que ce n'était pas la position idéale, il couvrirait ses dépenses mensuelles sans heurts.

Au cœur, la situation était la même : toujours seule. Mais il s'en fichait. J'étais encore jeune et les possibilités étaient très bonnes. Ce qui devait être, à l'heure et au bon moment !

Vers la fin de l'année, sa vie est devenue plus occupée : plusieurs voyages et élaboration du travail de conclusion du cours. Tout très rapide et bien utilisé.

Heureusement, tout a marché, et il a fini ses études. Il a été le premier diplômé de toute la famille. La fierté de ta mère. À partir de ce jour, je n'attendais que le succès après de nombreuses luttes, privations, obstacles surmontés et beaucoup de douleurs. Mais il avait survécu pour sa foi, pour avoir vu le sang et pour être le descendant du légendaire Victor, un grand homme du Nord-Est.

En avant, Divine !

28-Current météo

Les prédictions étaient peu à peu faites dans sa vie au cours des trois ans et demi à venir. Il est devenu un écrivain publié, devient employé fédéral et aimait plusieurs fois avoir des expériences intéressantes.

Cette nouvelle réalité a permis d'avoir un plus grand contrôle sur votre don, un plus grand contact social, de nouvelles amitiés et avec l'argent, vous avez gagné que vous pouvez être plus utile à ceux qui en ont besoin. Bref, il avait été renaître comme un homme et avait transformé la vie de tous les gens autour de lui. Il avait rendu les Torres fiers et continuerait toujours à se battre pour ses rêves. Fais ça aussi, lecteurs ! Peu importe les difficultés, les stéréotypes, les préjugés, ne jamais être découragés ! Malgré tout, Divine est un exemple inspirant parce qu'il n'a jamais cessé de croire qu'il était possible de transformer sa réalité.

« Si vous voulez être universel, commencez par peindre votre village ». (Leon Tolstoy)

Fin de la vision

29-Retourne dans la pièce

La vision est partie. Renato et moi nous sommes réveillés de la transe et avons épuisé nous nous sommes assis par terre. Le guérisseur attend quelques secondes et nous aide à nous lever. Avec un signal, nous avons quitté la pièce et nous avons installé des tabourets dans ce qui serait la salle de la cabane.

Nous nous affrontons pour nous affronter et avec un air de curiosité, le maître commence la conversation :

« Quoi de neuf ? L'expérience a-t-elle été fructueuse ?

« Excellent. L'histoire de Divine m'a inspiré à continuer à me battre pour mes rêves. (Renato Observé)

« Le sauver cette histoire était important pour moi. Cela m'a amené à une profonde réflexion et, finalement, je conclus que j'ai un petit Divin et Victor en moi aussi. Je suis déjà gagnant malgré tout. (Le voyant)

« Très bien. C'était le but. Je suis certain qu'à partir de maintenant, ils continueront leur vie avec plus de courage, de force et de foi que d'habitude. Je vous souhaite tous les deux succès. Ma partie est finie. (Gueuleur)

« Je tiens à vous remercier pour tout votre dévouement et votre engagement envers notre cause. Merci. (Renato)

« Idem. Nous n'oublierons jamais le Seigneur ! (Le voyant)

En ce moment, les larmes séchées avec la souffrance sont tombées sur le visage du maître. Jamais dans sa vie n'avait-il senti si aimé. Si je mourais en ce moment, j'irais en paix.

« Merci, mes amis. Je ne t'oublierai pas non plus. Bonne chance et au revoir. (Gueuleur)

Les trois approches se sont accueillies avec un triple câlin. Au bout du câlin, ils sont enfin partis. Dehors, ils ont pris la route de terre qui les emmenait au bord de la route. Rentre chez toi, après si longtemps.

30-*Chez moi*

Le voyage s'est bien déroulé. Renato fut remis au tuteur et le voyant retrouva sa famille en paix. Après l'avoir manqué, il est revenu à ses emplois habituels.

Tant que je n'ai pas eu l'occasion d'une autre aventure, je profiterais de si importants moments familiaux. Cette troisième étape s'est donc terminée par la sensibilisation à la mission accomplie. Il était juste un peu triste par la nouvelle de la mort de ses deux maîtres : Ange et guérisseur.

Je devais régler ces faits. Ils auraient dû accomplir leur mission. Il resta maintenant à poursuivre le chemin du voyant qui promettait d'être long et difficile avec son assistant Renato. Que de nouvelles aventures viennent alors !

Conclusion

Après avoir exposé les faits, nous réalisons combien il est important de croire en nos valeurs, idéaux et notre foi, quel que soit son être. Direction par eux et prenant des mesures concrètes, nous pouvons enfin réaliser des victoires particulières à chaque étape. Et ce n'est pas seulement en fiction ! Nous avons d'innombrables exemples dans ce pays de gagner des gens et des groupes qui ont commencé pratiquement à partir de zéro.

Mon conseil personnel : Investir dans votre potentiel sans mesurer les efforts que le destin vous fera montrer. Il n'est pas nécessaire d'être super. Héro ou médium comme les personnages du livre pour trouver exactement où vous voulez. Il ne faut que la planification et l'intelligence pour choisir la voie la plus courte du succès.

J'espère sincèrement que tous ceux qui lit ce livre se sentiront inspirés, sortiront pour combattre et obtenir le bonheur et le succès qu'ils méritent. Les câlins, un baiser aimant et te revoir la prochaine fois.

L'auteur
FIN

www.ingramcontent.com/pod-product-compliance
Lightning Source LLC
LaVergne TN
LVHW020440080526
838202LV00055B/5275